De
Marie-Francine Hébert

Illustré par
Darcia Labrosse

Les éditions la courte échelle
5243, boul. Saint-Laurent
Montréal (Québec)
H2T 1S4

Conception graphique: Derome design inc.

Dépôt légal, 3e trimestre 1994
Bibliothèque nationale du Québec

la courte échelle

Données de catalogage avant publication (Canada)

Hébert, Marie-Francine

Venir au monde

(Le Goût de savoir; 3)
Pour enfants à partir de 5 ans.

ISBN 2-89021-225-4

1. Conception – Ouvrages pour la jeunesse.
2. Éducation sexuelle des enfants. I. Labrosse, Darcia.
II. Titre. III. Collection.

QP251.5.H42 1994 j612.6 C94-940794-1

Avant,
je n'avais pas de nom,
pas d'âge. Rien.
Je n'avais pas de nombril
et pas un seul poil sur la tête.
Avant,
je n'existais pas.

Mes parents ne se connaissaient même pas. Un jour, ils se sont rencontrés. Boung!

Ils ont parlé, parlé. Puis ils sont devenus amoureux. Là, ils se sont dit des mots doux et ont ri comme des fous. Un bon jour, ils ont fait un amour, moi. Comment ont-ils fait ça?

Avec de la farine et de l'eau?... Pas du tout! Je ne suis pas un gâteau, je suis un cadeau! Ça prend quand même une recette pour faire un bébé.

Mais il y a un problème. La moitié de la recette est dans l'ovule, un petit oeuf qui se forme une fois par mois dans le ventre de la maman. Et cet oeuf ne vit pas plus de trois jours. L'autre moitié de la recette se trouve dans un spermatozoïde, une minuscule semence cachée sous le pénis, dans les testicules du papa.

Comment faire pour qu'un spermatozoïde et un ovule se rencontrent? Les papas et les mamans ont trouvé un bon moyen, tu vas voir.

Ce matin-là,
l'ovule, qui
connaît la
moitié de la
recette pour
me fabriquer,
attend dans
le ventre de
ma future
maman.
La rencontre
avec le
spermatozoïde
doit avoir lieu
le plus tôt
possible.

De son côté, le spermatozoïde, qui connaît l'autre moitié de la recette, dort avec des millions d'autres spermatozoïdes dans les testicules de mon futur papa.

Or, mes parents se sont disputés justement ce jour-là. Ça arrive à tout le monde. Mais ils auraient pu choisir un autre jour.

Le soir, ils reviennent de leur travail. Ils préparent le repas en silence. Le temps passe, le temps passe. L'ovule va finir par s'en aller...

Enfin, ils font la paix. Ils s'embrassent. Ils ont même l'air d'accord pour faire l'amour. Ils se font des caresses, des minouches, des mamours. Ils se serrent très fort dans leurs bras.

Pour être plus près encore, ils glissent le pénis du papa dans le vagin de la maman, par la petite ouverture entre ses jambes. Le plaisir grandit, grandit en eux. Ils sont heureux. Tout à coup, la maman a un grand frisson de plaisir. Yaouououou!

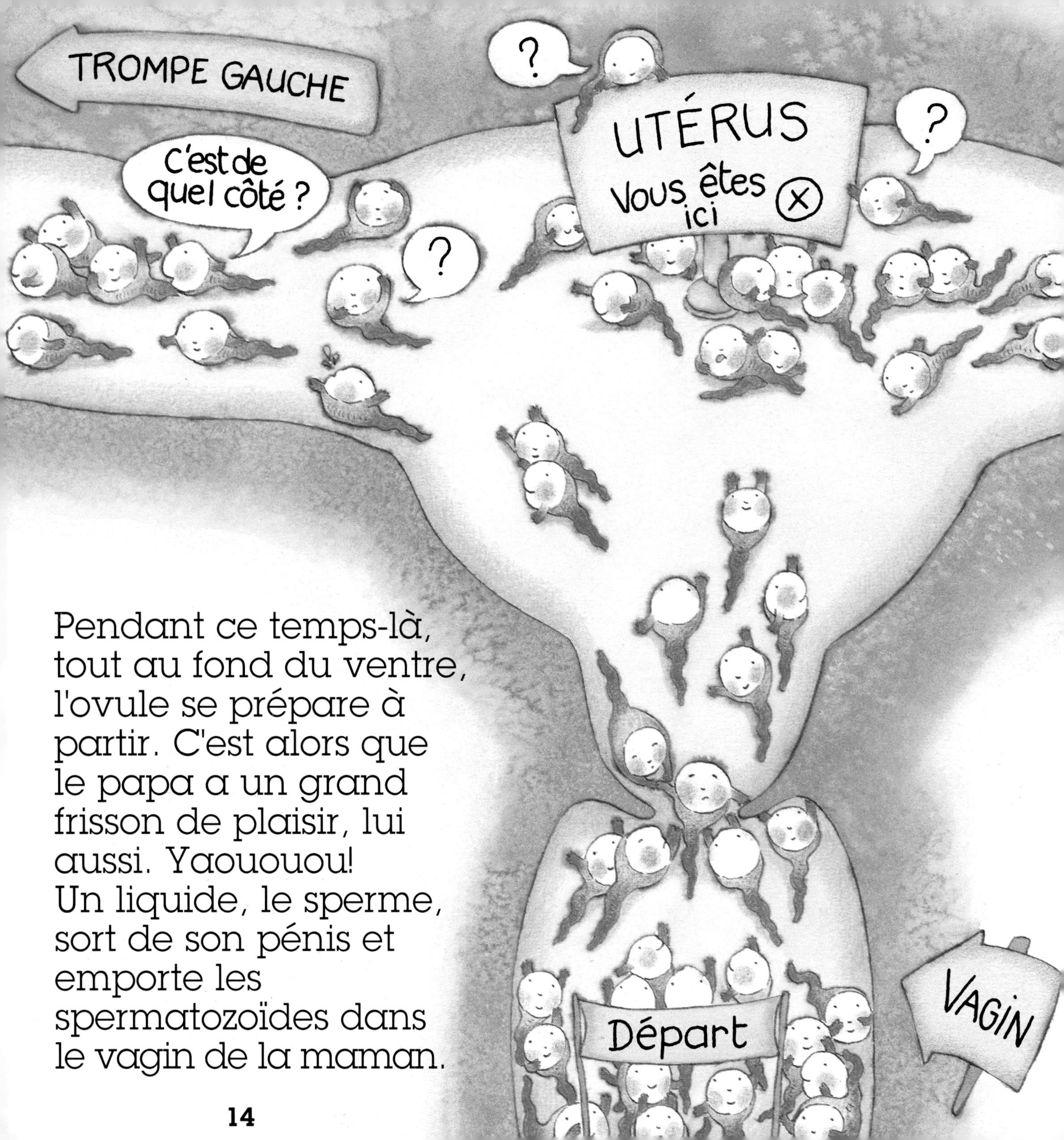

Pendant ce temps-là, tout au fond du ventre, l'ovule se prépare à partir. C'est alors que le papa a un grand frisson de plaisir, lui aussi. Yaououou! Un liquide, le sperme, sort de son pénis et emporte les spermatozoïdes dans le vagin de la maman.

Les spermatozoïdes se mettent alors à nager de toutes leurs forces. Celui qui gagnera la course fera le bébé avec l'ovule. Les petits nageurs arrivent dans l'utérus. Plusieurs abandonnent en cours de route ou vont dans la mauvaise direction. Les autres s'élancent dans la bonne trompe, celle où se trouve l'ovule que l'ovaire a produit ce mois-ci. Ils nagent. Ils nagent. Vite! Plus vite! Toujours plus vite!

Le petit spermatozoïde, qui connaît la moitié de la recette pour me faire, passe enfin au premier rang. Ouf!... Il était temps! Le spermatozoïde et l'ovule se sentent aussitôt attirés comme des aimants. Boung! Ils se collent l'un à l'autre. Ils ne font plus qu'un.

Ce jour-là, le repas a brûlé dans le four et surtout...
j'ai commencé à être moi dans le ventre de maman.

On va avoir un bébé !

Nous aussi !

J'étais petit. Plus petit que le plus petit des bébés boutons. Mais j'étais bien décidé à grandir.

Être dans le ventre
d'une maman, c'est
extraordinaire! On n'a pas
à ranger sa chambre
et on se couche à l'heure
qu'on veut. On est bien...

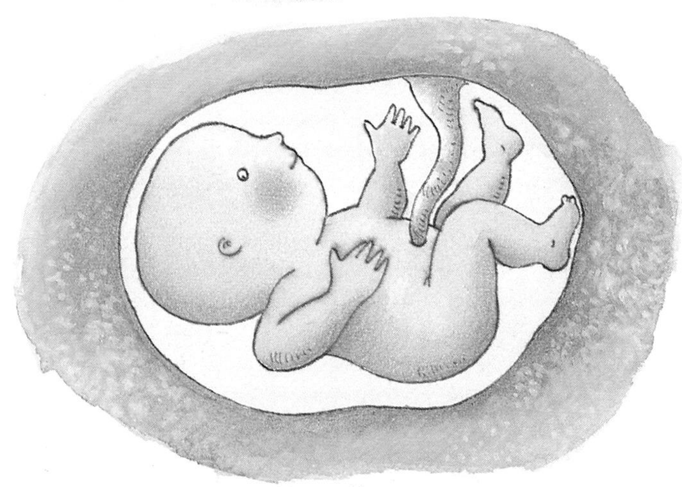

On n'a pas besoin de se
laver le cou et les oreilles,
parce qu'on baigne
dans un liquide chaud,
chaud et doux, doux.
On est bien...

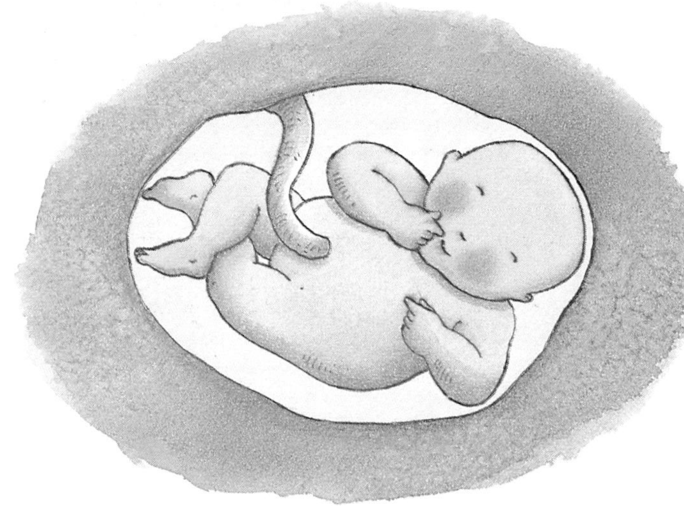

On n'est pas obligé
de s'asseoir à table, de
découper ses aliments
et de les mastiquer.
On est nourri par
le cordon ombilical.
On est bien...

Après neuf mois, j'étais assez grand et je n'avais plus beaucoup de place pour jouer.

C'est alors que je suis sorti du ventre de maman.

Venir au monde, c'est quelque chose. Heureusement, il y a des grandes personnes pour nous aider! Et puis, quand on naît, on n'est pas capable de s'occuper de soi. On est trop petit. Mais on apprend vite.

Veux-tu jouer avec moi ?
B